ÉPITRE

A LA VÉRITÉ,

DÉDIÉE

A Mme LA DAUPHINE.

~~~~~~~~~~~~~~~~

PRIX : 1 fr.

~~~~~~~~~~~~~~~~

VESOUL,

CHEZ Ve DELABORDE, LIBRAIRE.

Mai 1826.

ARGUMENT.

L'Auteur admire la grandeur de Dieu dans ses œuvres visibles, et ouvre par conséquent l'idée des prodiges célestes. Il disserte sur l'homme et sur les mystères qui l'entourent; il y trouve la preuve sensible de la Divinité triomphant des sophismes de l'impiété, qu'il appelle à l'élégante et sublime élocution des beautés naturelles et morales. Il reconnaît l'extrême amour de Dieu pour l'homme, dans une profonde contemplation des mystères de l'Incarnation, de la Passion et de l'Eucharistie. Il invoque à la reconnaissance dans l'ordre de la sagesse; il combat les désirs d'un bonheur futile ou imaginaire, et résume la gloire et les prétentions de nos pères, toujours soumis à la religion depuis Clovis jusqu'à Charles X. Il conclut que par la pratique de l'excellence de ses devoirs, on lègue à ses neveux un monument de sagesse. Enfin, il fait l'apologie du Sacerdoce et en démontre la nécessité par la puissance et la grandeur de son saint ministère.

ÉPITRE

A LA VÉRITÉ.

———◆———

Reine par ton empire, ange d'urbanité,
Il faut pour te servir aimer la vérité.
Sur un trône chéri déployant sa puissance,
Elle affermit la gloire où s'élève la France;
Elle ouvrait les rochers témoins de tes malheurs,
Elle animait ton ame et brisait tous les cœurs.
Quand le monde t'admire, intrépide héroïne,
La vérité te nomme, immortelle Dauphine.

Oui, mon Dieu, ta grandeur éblouit l'univers,
Tu pénètres les eaux et le gouffre des mers;
Ton souffle radieux borne, arme le fluide,
Et peuple, orne la terre, et le ciel, et le vide;
Les œuvres et la fin, tout est fini, parfait;
Et le faible et le fort marchent du même trait.
Dans l'un je vois le sceau du prince des oracles,
Dans l'autre les bienfaits, la cause des miracles.
Ces travaux inouis embrassent les humains,
Qui, joints aux élémens, sont d'illustres témoins.
L'ame au sein du prodige adore le mystère
Des lois d'ascension du ciel et de la terre;
Mais le monde n'est rien à comparer aux cieux:
Quand le soleil se perd sous le sol radieux,
Ce feu de six mille ans a brûlé sans ravage,
Le temps qui détruit tout lui prodigue l'hommage.
Le plus moindre retour, le plus faible revers,
Au néant eût réduit mille et mille univers.
Quel est donc l'aliment de ce terrible abime?
Il est certain qu'il brûle: où trouver son régime?
Serais-tu le flambeau de la félicité?
Serait-il ton foyer, fatale éternité?
  Si je fixe l'arène où croulent les comètes,
Je me perds dans l'espace où voguent les planètes;
Mais que font-ils si haut, ces grands corps lu-
    mineux,

Ces enfans de la nuit, dans son flanc ténébreux?
Leur marche nous signale un lustre auxiliaire,
Tout rayonnant d'azur sur le disque polaire;
Elle reprend l'erreur, compagne de la nuit;
Elle annonce l'aurore et le jour qui la suit.
Quel est donc ce porphyre où se brisent les lunes,
Qui mollit les climats aux mouvantes lacunes?
Seraient-ils le hasard ces nocturnes flambeaux,
Ce cadran généreux du berger, des hameaux?
C'est un sentier d'amour que le méchant néglige,
C'est un lustre de gloire où brille le prodige.

Que l'eau soit enflammée et des lacs et des mers,
Formerait-elle un golfe aux gouffres des enfers?
Non, la halte qui sert au flux d'une minute,
Pourrait-elle suffire à l'éternelle chute.
Ainsi l'éternité, par ses vastes rapports,
Possède l'infini dans l'empire des morts.
Tous ces points combinés voguent, donnent la vie
Dans les plaines de l'air où la terre est ravie.
Cet air crée, nourrit la force des ressorts,
Où l'ame agit fixée à l'ensemble du corps.
L'homme est fait pour le ciel, les talens et la gloire,
Et le reste à la vie et l'instinct sans mémoire;
Qu'il cherche ses grandeurs, sa haute dignité
Dans le sang immortel qui l'a ressuscité.
Replions nos regards dans ce séjour fragile,

Où nous trouvons l'amour rassurant notre asile.

Dans le tableau des rangs sont des êtres sans frein
Qui portent les grandeurs d'un céleste burin,
Quand ils seraient pour nous ou rebutans, con-
traires,

Ils sont au Créateur dans ses soins nécessaires ;
Il a fait un domaine à son premier sujet,
Mais sans le décorer de son unique objet.

Tout est borné pour nous, en lui tout est immense ;
Où serait l'infini signalant sa puissance,
En n'admettant qu'un point à sa divinité,
Si ces astres tournaient sous notre habileté ?

Savant, compte les jours de sa gloire éternelle,
Les corps, les univers vivans, passés pour elle.
Compte les élémens absorbés à finir,
Calcule le passé, calcule l'avenir ;

Et dis-nous du présent les combats, la révolte ;
Dis-nous ses soins perdus et sa triste récolte.

Les temps sont pour le ciel les dés de ses plaisirs ;
Il s'en sert pour charmer ses célestes loisirs.

Dans le cercle du vrai reléguons le problème,
Donnons la force aux grands, l'épée au diadème ;
Au bonheur du vulgaire égayons les talens,
A l'amour de constance attachons nos enfans.

Ne troublons pas l'esprit, la grandeur du mystère,
Dieu l'a fait pour lui seul dans l'ordre salutaire ;

Il est partout moteur d'apanage divin :
Reconnais dans sa cause une adorable fin.

  La vérité réprouve une main furibonde
Qui veut planter l'erreur sur les ruines du monde;
Sa force adoucira ses furieux transports,
Elle enverra la honte allumer les remords;
Elle a dit : Tu dois tout à la main du prodige,
Sois donc content d'avoir cette superbe tige;
Ne détruis pas sa gloire en exerçant tes droits,
Elle a plus fait pour vous qu'en servant vos
    souhaits.
Sur les bords du torrent où coulent ses richesses,
Ne cours pas, téméraire, arrêter ses largesses;
Il répand le bonheur dans un vallon soumis,
Il répand le courroux sur les champs ennemis.
Assujétis tes vœux à l'esprit du cénacle,
Tu l'entends retentir, la voix de son oracle;
Il a formé tes goûts, il doit remplir ton cœur.
Tu foules le brocard où t'attend sa faveur.
Si dans ces vérités tu trouves l'imposture,
Superbe mécréant, esclave de l'injure,
Tu corromps et détruis l'amour de l'équité.
Tu bornes les désirs de ta félicité.
C'est unir la folie au petit incrédule,
De nier l'art écrit d'une adroite pendule.
De l'insecte invisible admets un Créateur,

Sa superbe ordonnance annonce son auteur.
Le nombre est infini, fait corps à l'atmosphère:
Sois croyant ou dis-nous son objet temporaire;
Ce mystère appartient au pouvoir éternel.
Brise encor ton orgueil injuste et criminel.
L'aquilon bat l'essaim que ta folie amasse,
Quand on voit triompher et l'amour et la grâce.
Quoi! ta faible raison, si frêle en son canot,
Voudrait contre le ciel agiter son grelot!
Tu penses lui ravir l'œuvre de sa puissance,
Affadir, gourmander sa profondeur immense;
Creuser au Rédempteur le tombeau de l'écueil,
Elever des autels à l'erreur, à l'orgueil!
Tel un grand capitaine a, d'un valet inique,
Un ennemi perfide, un ténébreux critique;
Tel on voit du néant sortir l'heureux mortel,
Fronder la vérité d'un talent criminel,
Flatter le ridicule au fond du labyrinthe,
Ou chercher le hareng dans les eaux de Corinthe,
Fouiller Herculanum pour ses antiquités,
Enfouir les trésors d'antiques vérités.
Suivons la douce ivresse où s'occupent nos veilles,
Suivons l'immensité d'un torrent de merveilles:
Tout découle de Dieu, la nature est à lui.
Frondeur à bouche d'or, reconnais aujourd'hui
Quel est le résultat de la chose existante,

Qu'elle obéit partout sans cesse dépendante.
Si de l'astre du jour tu lui donnes les traits,
Qui l'aura combinée en ses mille bienfaits?
Du reste, elle est soumise à la valeur humaine,
Cédant à droite, à gauche à la main qui l'entraîne.
Ton esprit, fier docteur, mince dans l'oraison,
A violé la langue et trahi la raison.
Tu nous dis qu'elle est tout : si tu la crois divine,
De sa divinité fournis-nous l'origine ;
Il n'en est point sans dogme, et de dogme sans foi.
Veux-tu que ton erreur soit mon unique loi,
En tombant dans l'écart des nouveautés fatales,
En implorant un Dieu sans sceptre, sans annales;
Si le ciel t'eût soumis ses grandeurs , son secret,
Qui serait ou de nous ou de lui le sujet?
C'est de l'autorité que naît l'indépendance ;
Qui cède le pouvoir, a cédé son essence,
Et comprends et construis l'œuvre de l'Eternel,
Ou marche prosterné comme un humble mortel.
O grand Dieu! je rougis du néant où je tombe;
Effleurant ton pouvoir, oui, mon esprit succombe.
Quoi! quand tout nous redit ton céleste appa-
    reil,
Je rougis : c'est la lampe éclairant le soleil.
Mais que suis-je par terre à comparer aux astres?
Sans eux, qui ne sont rien , quels seraient tes
    désastres!

On veut tout envahir sur un ton suffisant,
On montre du docteur le calme séduisant,
On veut dicter des lois, enseigner la sagesse,
Tandis qu'on ne sait pas mesurer sa faiblesse.
Le néant orgueilleux est le tombeau des fous.
Qui détruit les bienfaits, provoque le courroux.
  Si je brave les eaux et le fracas des ondes,
En cherchant le détour de leurs rives profondes,
Le vent soudain m'agite, allume ma frayeur,
Et change en repentir mon inutile ardeur.
Vanité des talens que l'ignorance prône;
Vanité dans les fers, près des marches du trône.
O vanité des grands, dégoûtante d'orgueil!
Vanité des trésors réduite à son cercueil!
Semblable à ces beautés qui se perdent pour plaire,
Trafiquant le devoir pour un honteux salaire,
Tu sens peser ton joug, trop malheureux captif,
Quand tu n'as plus à toi que le regret tardif.
Des systèmes abjects ont comblé l'ignorance:
Partisan de l'erreur, ferme l'inconséquence;
Dans le vaste domaine où croît la vérité,
Va planter les désirs de la célébrité.
Non, ne conspire plus contre l'humble sagesse:
Imite sa candeur, imite sa tendresse;
Quand la douce vertu conduit, soutient tes pas,
Un empire céleste ouvre et te tend les bras.

Oui, sa simple beauté du sceptre du délice,
Brise d'un Dieu jaloux l'effrayante justice,
Ouvre un trésor sacré, porte au banquet divin,
Fêter l'immensité de son amour sans fin.

Mais le zèle m'emporte aux voûtes éternelles;
Sur le sol des beautés si vieilles, si nouvelles,
Des cèdres et du pin admirant les hauteurs,
Viens, descends à leurs pieds dans les amours
  des fleurs;
Et fouillant les détails, le fond et les distances,
Fais jaillir et mouvoir ces merveilles immenses.
Qu'à l'ombre l'œil, l'esprit, dans les rayons directs,
Sur l'aile des parfums volent sur les aspects;
Que le groupe émaillé partageant les prairies,
Recèle les accords de mille symphonies.
La liberté des chants qu'excitent les désirs,
Fait au loin retentir l'arène des plaisirs.
Que l'oracle du goût et l'exquise parure,
Nous descendent des cieux et dorent la nature.
Mais de l'astre éclipsé, dit l'affreuse vapeur,
Qu'immole la raison à la sourde frayeur,
Peint les flots du volcan, sa tourbe funéraire,
Les humains confondus, la face contre terre,
Implorant le Très-Haut de calmer son courroux,
De pardonner l'erreur qui tombe sous ses coups.
Le fracas du désordre arbore la détresse,

Dit le monde en péril, sous la main vengeresse.
L'ouragan déchaîné fait mugir les torrens
Qui roulent les lambeaux du vacarme des vents ;
L'éclair brise la nuit, fend, enflamme l'orage,
Et redouble les coups d'épouvante et de rage.
Les palais, la chaumière en feu sert de flambeau
Au trépas, à l'horreur d'un déluge nouveau.

Juste, réjouis-toi, tends les bras à la foudre,
Tu trouves le bonheur percé, réduit en poudre;
Tremble, riche méchant, tremble, triste pervers,
Si la foudre te brise, elle ouvre les enfers;
Malgré toi la frayeur tressaillit dans ton ame,
Tu crains, tu vois un maître offensé qui s'enflamme.
Où trouver l'assurance et la paix dans tes torts,
Quand une erreur impie étouffe tes remords?
Revenu, ton orgueil monte à son attitude,
Sur le torrent du jour roule ta servitude;
La grandeur de ton Dieu qui t'a tant stupéfait,
Ne peut donc accomplir l'œuvre de son bienfait;
Et sourd à la terreur de sa miséricorde,
Tu franchis les délais que son amour t'accorde.

Immortelle bonté, de faveurs, de revers,
Ton amour est plus grand que ton bel univers.
Il abonde pour tous, mais fruit de la victoire,
Nous partageons par lui ton bonheur et ta gloire.
Il nous vient de si haut, nous console si bas,

Que tout près de ton trône on ne le connaît pas.
Il faut pour le sentir un trait de ta lumière,
Et pour le pénétrer la posséder entière;
Il démasque le monstre et retient son poignard;
Le méchant qui l'aigrit sait s'en faire un rempart;
Tous les maux sont brisés aux pieds de sa clémence,
Et l'aimable plaisir sort de sa dépendance;
Il adoucit l'horreur des ombres du trépas,
L'intrépide martyr y trouve des appas;
Il charme les besoins qu'exige l'innocence,
Par les heureux transports de la mère à l'enfance,
De l'époux pour le fils; et ces dons généreux
Sont des trésors sacrés, chéris des malheureux.
Pour honorer les temps, ses mines sont ouvertes,
On y puise à propos les riches découvertes.
Il pouvait d'un seul trait combler tous nos désirs,
Il triple le bonheur par l'espoir des plaisirs;
Le présent est flatté de faveurs adorables,
Le passé retentit de souvenirs aimables;
La terreur de la nuit, les regrets du réveil
Doublent la paix du jour, l'empire du soleil;
Les frimas et les froids déployant la tristesse,
Font désirer les ris dont l'été nous caresse;
Et notre œil fatigué des glaces et du désert,
Cherche sur nos coteaux la tendresse du vert.
Enfant de la colère, au comble du courroux,

Rugissant de fureur dans le transport des fous,
Oui, ton amour m'endort et calme ma malice,
Dans l'oubli des devoirs, au bord du précipice.
Si j'osais méditer sa grâce, ses grandeurs;
Si j'osais discourir l'ordre de ses faveurs;
Cette image adorable embrasse le mystère,
Quelle moisson d'amour couvre, nourrit la terre!
O source de respect, source de vérité,
Tu formes des torrens de prodigalité:
Oui, que le Roi des Rois souffle sur la nature,
Donne à l'éternité sa noble créature;
Qu'un point de sa lumière anime nos vallons,
Attire la rosée en ses vastes ballons;
Que le plaisir naissant d'une éternelle aurore
Porte à chérir un cœur que le bonheur adore;
Que le sceptre céleste appelle les esprits,
Comble un juste calice aux malheureux proscrits.
Voilà des attributs d'une forte puissance,
Mais il quitte les cieux et revêt notre enfance;
Il adopte nos maux, se courbe à nos besoins,
Renverse sa grandeur sous les pieds des humains;
Il condamne sa gloire à rester en otage,
A souffrir de la mort le dur apprentissage;
Il apporte aux vivans les désirs de la paix,
Et l'exemple à la main démontre leurs bienfaits:
C'est sur ce fondement qu'il fixe son Eglise.

Ecoutez mon épouse : oui, pour moi seul soumise,
Sa douce autorité couvrira l'univers,
On la verra briser les portes des enfers;
Je viens, non en héros pour commander la terre,
Je viens régénérer votre aveugle misère.
Il traverse ce jour prêchant l'humilité,
Prodiguant le miracle à la docilité.
Il fait courir le monde aux fruits de sa morale,
Et l'attache à la Croix pour régner sans rivale;
Il fait fondre les cieux au feu de son amour,
Pour embraser nos cœurs de son divin séjour.
Fils ingrat, oui, reviens adorer ces largesses,
Ces dons prodigieux d'amoureuses tendresses,
Subjugue tes défauts; mais en les combattant,
Deviens doux, généreux, fidèle, bienfaisant;
Secondons les efforts du nocher qui nous crie :
« Amis, comptez sur moi, d'où dépend votre vie.
» Ah ! ne transgressez pas les devoirs de mon bord,
» Je ne puis sans vos soins vous faire entrer au port. »
De l'humble piété n'affichons pas l'écorce,
Soumettons nos penchans aux ordres de sa force.
La riche, aimable vie où coulent les destins,
N'est qu'un trop fol espoir où tombent les humains.
On veut fouiller les mers pour la chercher sans
     cesse,
En absorbant des goûts qu'interdit la sagesse.

Oui, reine du bonheur, refusant d'obéir,
Il faut, pour t'émouvoir, t'écouter, te servir;
Ta céleste splendeur a des attraits sublimes,
Et n'habita jamais dans l'ordure des crimes;
Sa belle, humble grandeur fait, affermit les rois,
Salomon à ses pieds reçut, dicta ses lois;
Il a comblé sa gloire en aimant sa morale;
Elle a mis dans son cœur sa beauté colossale.
Si le ciel nous protège au combat des abus,
Pour vaincre leurs tourmens, conquérir les vertus.
On ne peut donc sans crime aimer un autre maître,
Trahir le bienfaiteur est le propre d'un traître.
O qu'on sait bien flatter les faiblesses d'un roi!
On assouvit son cœur aux vices de sa loi.
Nous chérissons les biens, les plaisirs de nos pères,
Nous voulons de leur gloire aimer les caractères;
Noble et sublime idée, allume mon ardeur,
Grave en moi le portrait de mon aimable auteur!
Qu'en tout mes actions rappellent sa mémoire,
Au nouveau champ d'Arcole y fixent la victoire!
Que l'honneur de Wagram, le fer de Fontenoi,
Soit l'exemple d'aimer à mourir pour son roi!
Que le dédain de l'or brisant la flatterie,
Ramène les vertus, l'amour de la patrie!
Maîtres de la valeur, au milieu des combats,
Apprenons dans nos rangs à mourir en soldats;

Courons au champ d'honneur, élevons sa pous-
    sière,

Et ranimons l'essor de la valeur altière ;

Que le sein décoré de l'adorable croix

Soit le signe d'aimer et d'obéir aux lois ;

Mais que les lois du ciel dont tu portes l'oracle,

Soient l'objet de tes vœux, bien plutôt que
    l'obstacle :

Oui, sur un cœur athée, oser flétrir la croix,

Est la honte des temps et la honte du choix ;

Elle est sainte et divine, et, pour orner sa gloire,

Il faut servir son dogme, imiter sa mémoire ;

Devant ce grand symbole on fléchit le genou,

Ou je méprise un fat orgueilleux d'un joujou.

L'honneur est sans travers, la gloire aime le sage ;

Elle ne fut jamais l'esclave du courage :

Invoque des Bayard, des Turenne indomptés,

L'immortel aliment qui les a fécondés ;

Ils étaient des héros que le siècle contemple,

Ils étaient de l'honneur les boulevards, l'exemple.

Vois la tombe des saints couronnés, revêtus

De la croix qui t'enseigne à chérir les vertus ;

Il n'est pas un d'entre eux qui n'eût laissé la trace

De marcher à la mort avec bravoure, audace.

Tout répand la grandeur dans la religion,

Jésus-Christ est son dogme et sa tradition ;

Elle est du vrai bonheur l'aimable théorie,
Elle astreint le superbe aux lois de la patrie;
Fille unique du ciel, tu couronnas Clovis,
Fis briller Charlemagne et chérir Charles dix.
Sur ces fronts couronnés triomphe ta puissance,
D'où naît ce règne heureux, fils aîné d'Espérance,
Sang de mille héros de pure royauté.
O source où l'univers puise la loyauté,
Sois, l'Eternel le veut, abondante et féconde,
Séduis par ta beauté tous les peuples du monde.
Français, de ton histoire admire l'ornement,
Adjuge ton amour à ce cher monument.
Quand on veut dans les arts faire un tableau fidèle,
On donne à son élève un riche, un beau modèle,
On applanit la route où s'engage l'ardeur;
Le début s'enhardit de l'espoir du bonheur.
Voudrais-tu de toi-même signaler la mémoire,
Pour ennoblir tes fils de ta brillante histoire?
Romps les fatras d'erreur où sommeille la mort,
Satisfais les crédits de l'amour du remords;
Et lègue à tes neveux l'honorable tendresse,
De trouver sur tes pas l'intrépide sagesse,
Et bravant de l'impie et les cris et l'éclat,
Apprends-nous de céder ou de vaincre au combat.

  Je rougis de ton culte et je hais ses ministres;
J'abhorre leurs clameurs, leurs gravités sinistres.

Philosophe si bon, apprends le repentir,

Et pardonne les maux que tu leur fais souffrir.

Tu veux du merveilleux dans ce saint dignitaire,

La vertu plus qu'humaine est trop peu pour te
plaire ;

Tu parles tolérance honorant la fadeur ;

De l'ange il faut pour eux posséder la grandeur ;

Depuis toi jusqu'au prince où trouver ce prodige,

Ou plutôt ce parfait que ta clémence exige ?

Si l'invincible prince armait deux scélérats,

Faudrait-il égorger tous ses braves soldats,

Traîner à l'échafaud le chef couvert de gloire,

Et déchirer la page où brille son histoire,

Et renverser l'Etat sur le bloc infernal,

Et t'abreuver encor de ce martyr royal ?

Voilà l'art et l'esprit de ta philosophie,

Les désirs, le besoin de ta philantropie.

Aiguisant le poignard, il indique un proscrit,

C'est, tu dis (frémissons!), l'infâme Jésus-Christ.

Mais quittons ce repaire et d'horreur, de blas--
phème,

Discutons la valeur de ton docte anathème,

Entourons de flambeaux la noble vérité,

Et portons son triomphe à la postérité.

Non, je n'accuse pas la piété pratique :

Elle sait révérer la gloire évangélique ;

Ce sont le renégat, les ignorans du jour
Qui se font un turban d'un bourru calembour.
Voulez-vous abaisser les dévouemens du sage?
Dépassez son mérite et son noble courage.
Oui, plus que l'Amerci, que le haut saint Bernard,
Mourrez pour les humains dans l'oubli, le hasard;
Sous les riches attraits de l'austère sagesse,
Montrez-nous à dompter les vices, la faiblesse.
   Obéissant soldat, aime, sers-tu ton roi?
Et par qui te descend ses volontés, sa loi?
Offre-tu tes respects au brave qui t'enseigne?
Ne cours-tu pas mourir au loin sous ton enseigne,
Quand la sévère épée et les fers, le trépas,
Te brisent de terreur si tu n'obéis pas?
D'où j'admire et soutiens l'aimable différence,
De la douceur du prêtre éclairant l'espérance.
Tu réprouves, Français, l'aride châtiment.
Ah! pourquoi démens-tu ce noble sentiment!
Il dépasse en bonté les doux soins d'une mère,
Il pétrit tes enfans dans l'ardeur de te plaire;
Sentinelle de paix, dans son chant solennel,
Il leur montre l'honneur sur la route du ciel,
Pèse tes intérêts aux poids de la justice;
Tu ne peux trop aimer qui meurt à ton service.
Je ne romps pas la lance aux Caïns de nos jours;
Que peut aux meurtriers le chant des trou-
   badours?

Ces vieux profanateurs harcèlent ta colère....!
L'étendard des fléaux flotte sur l'hémisphère;
La bande des Nérons pousse d'affreux soupirs;
Son effrayante ardeur désigne des martyrs,
Sous le zèle et la foi s'assaisonne la bombe,
Sa foudre doit lancer le fer de l'hécatombe.
Si la mâle éloquence affronte le danger,
Fait pâlir les bourreaux si prompts à l'outrager,
Imitez ses efforts, réprimez la licence,
Vous grands, forts, obligés d'asservir sa puissance.
Quoi, le crime a séduit les gardiens de ses fers!
Son or a dérobé la paix de l'univers!
Tout sanglant il revient escalader le trône,
Des débris de la tiare épouvanter le Rhône;
Il vient rectifier son plan, ses échafauds,
Raffiner le supplice et combler les tombeaux.

Ninive, attendras-tu la trompette effrayante,
L'éclat de ses terreurs, l'ange et sa voix puissante?
Des clubs fuis les bravos; je t'interromps Brutus,
Tes fauteurs les cherchaient dans le sang des vertus.
César règne à jamais, sa gloire est immortelle,
Et toi, ton vil poignard ternit ta main cruelle;
Mais la faulx des destins ouvre l'éternité,
Le doute me trahit, je vois la vérité,
Le temps a disparu, le trouble me dévore.
Quoi, j'aspire aux secours de l'homme que
    j'abhorre!

J'allumais des volcans pour foudroyer son bras,
Et soudain je l'implore à bénir mon trépas !
Oui, l'horreur de mes cris s'élance de l'abîme,
Il vient.... et la mort fuit par son ordre sublime.
L'humilité, l'empire et l'aimable candeur,
Ressuscite ma foi, rompt ma coupable erreur.
Il oppose aux mépris le silence du sage,
Il oppose à l'ingrat le pardon de l'outrage.
Docte arbitre d'amour couronnant l'équité,
Il affranchit le cœur, sauve sa liberté ;
Le zèle et ses bontés en fuyant la mollesse,
Cherche l'humble honteux, l'orgueilleuse fai-
    blesse.
Dans les secrets du ciel il m'ouvre le sentier,
M'apprend mille trésors, m'en nomme l'héritier.
Viens, mon aimable fils, visiter tes conquêtes,
Viens jouir de nos vœux, du charme de nos fêtes ;
L'extase du bonheur appelle ton amour ;
Veux-tu le conquérir, le posséder toujours ?
Marchons à sa barrière (on la craint tout ouverte),
Moissonner les lauriers dont sa route est couverte ;
Sur les ruines du vice en éclairant l'écueil,
Sa foudre fait crouler les remparts de l'orgueil.
Il fait pleuvoir les dons pour orner la morale ;
Il fait briller la gloire où l'amour se signale ;
Il calme la terreur du fatal avenir,

En rattachant l'anneau du nœud du repentir ;
Il abaisse les cieux pour recevoir la terre,
Il fend, remplit les cœurs du maître du tonnerre.
Ah ! quand il nous ravit sur ce nouveau Thabor,
Réveillons nos respects pour ce sacré Mentor,
Sa dignité céleste et sa ferveur profonde
Ont fait à l'Eternel la conquête du monde.
Non, ne dédaignons pas l'oracle du devoir,
Qui pourrait retenir les foudres du pouvoir.
Dieu fit l'homme humble et fort, brillant de son
    image ;
L'univers, son amour furent son apanage :
Le temps a vu grandir et la tige et le fruit,
Abusé, l'inconstant marche, frappe et détruit.

Par BOUVENOT,

Maire de Cemboing.

Imprimerie de C.-F. Bobillier.